KB055902

악기들이 밀려오는 해변

서영처

2003년 『문학/판』을 통해 시인으로 등단했다.
시집 『피아노 악어』 『말뚝에 묶인 피아노』 『악기들이 밀려오는 해변』, 산문집 『지금은
클래식을 들을 시간』 『노래의 시대』 『예배당 순례』 『가만히 듣는다』를 썼다.

파란시선 0142 **악기들이 밀려오는 해변**

1판 1쇄 펴낸날 2024년 6월 25일
지은이 서영처
인쇄인 (주)두경 정지오
디자인 이다경
펴낸이 채상우
펴낸곳 (주)함께하는출판그룹파란
등록번호 제2015-000068호
등록일자 2015년 9월 15일
주소 (10387) 경기도 고양시 일산서구 중앙로 1455 대우시티프라자 B1 202-1호
전화 031-919-4288
팩스 031-919-4287
모바일팩스 0504-441-3439
이메일 bookparan2015@hanmail.net

ISBN 979-11-91897-78-4 03810

값 12,000원

*이 도서는 2019년 한국문화예술위원회 아르코문학창작기금사업에 선정되어 발간되었
습니다.

악기들이 밀려오는 해변

서영처 시집

시인의 말

고양이가 턱을 묻고 함박눈처럼 떨어지는 장미 이파리를 바라
본다.
시간이 지나가는 곳
사라지는 선율들,

2024. 6.

차례

시인의 말

지하철역에서 - 9

폭설 - 10

다시 봄, - 11

콘트라베이스 - 12

북해 - 14

라 팔로마 - 16

털실 고양이 - 18

환상수림 - 20

난민 캠프 - 24

여름 음악 캠프 - 25

얼룩말 - 28

수렵도 - 29

도시의 규격 - 30

여배우 - 32

그믐 - 34

경계 - 36

베를린 천사 - 38

아시아의 밤 - 40

이후의 해변 - 41

해변 - 42

삼월 - 44

건기 - 46

필름 - 48

달리의 해변 - 50

종이 피아노 - 52

내 친구의 집은 어디인가 - 54

한여름 밤의 숲 - 55

비단길 - 56

가뭄 - 58

무궁화꽃이 피었습니다—헌화 - 60

장미의 세계 - 62

골짜기의 백합 - 64

우리 동네 - 66

장미맨션 - 68

이 어둡고 깊은 우물 - 70

바코드 - 72

나쁜 피 - 73

마술 피리 - 76

그해 가을 - 78

피아노의 세계, 세계의 원리 - 80

이 시간 - 82

Mississippi Blues - 84

아마도 - 86

프레임 - 88

눈먼 코끼리를 위한 바흐 - 89

해설
이병국 시적 공명, 그 수행의 울림 - 91

지하철역에서

흙을 파먹고 얽히고설키는 뱀처럼 사방으로 뿌리를 뻗어
나간다 노선마다 감자알처럼 맺히는 얼굴들 삶은 감자 냄
새를 풍기는 인파들

거대한 자루에서 쏟아져 나온 듯 지하에서 더 깊은 지하로
굴러가고 굴러오고

감자탕집에서 주먹만 한 감자를 먹는다 어두운 골목에서
고기를 굽는다 매캐한 연기 속 잔 부딪치는 소리 어디선가
들려오는 샤먼의 북소리

폭설

—

한 편의 영화가 끝나고 스크린 아래로 내려오는 이름처럼 내린다 그 모든 이름들을 밟으며 간다 귓바퀴에 차곡차곡 쌓이는 저주파 귀먹어 들리지 않는데 그렇지 폭설은 결혼처럼 발을 묶기도 하지 식탁에 둘러앉아 저녁을 먹는데 꼬리에 꼬리를 물고 일어나는 생각들의 근친상간 폭언이지 파쇄기에 갈리는 서류 뭉치처럼 눈이 내리고 사냥에 실패하고 돌아온 혈거인처럼 나는 잠의 동굴로 푹푹 빠져들고 큰 짐승의 발자국을 찍으며 누가 오고 있는데 마루 끝에서 그는 천천히 눈을 터네

온 세상에 찔러 넣는 강력한 백신

—
*한 편의 영화가 끝나고 스크린 아래로 내려오는 이름처럼: 『피아노 악어』.

다시 봄,

　겨우내 잠자지 않고 먹지 않았다 늙지도 않고 진공의 집
에 보관되었다 겨우내 앓았다 아득한 곳에서 무슨 소리가
들려와 어슬렁거리며 무덤을 빠져나왔다 길가엔 봄까치꽃,
장다리, 사위질빵이 무성하고 도랑엔 콸콸 물이 흐르고 모
스부호를 생성하는 모호한 햇살 속에서 내가 아닌 것 같은
나를 본다 헛간엔 지난해 피었다 사라진 환영들로 가득하
고 벗어 놓은 그림자 엉기성기 기워 입고 나왔는데 어둠에
친한 눈을 찔러 대는 빛 목덜미에 칼집을 넣는다 왼쪽 가
슴께로 파고드는 통증 자갈밭에 주저앉는다 돌멩이, 비닐
봉지, 빈 병 같은 의혹들을 토해 낸다

콘트라베이스

크고 튼튼한 가방이 필요하다고 했다
악기는 두고 가방만 빌려 달라고 했다

가죽 가방에 들어가 태아처럼 웅크린 사람
촉각 경험이 풍부한 가방 속에서 손길을 기다린다
굴촉성의 선율은 이곳에 뿌리를 내리고 넝쿨처럼 허공으
로 뻗어 갔다

그는 가방에서 늪의 비린내가 난다고 불평한다
피 냄새도 풍긴다고 우긴다
이 가죽이 틀림없는 악어가죽이라고 주장한다

똑, 똑, 똑, 가방 안에 연금된 사람을 불러낸다
눈이 부리부리한 배불뚝이 남자가 나온다
그는 계좌를 아내에게 맡겼다고
가방 속으로 바삐 들어가 버린다

눈물, 연꽃, 배임, 횡령, 사기 같은 단어를 섞으면 한 마리
악어가 나타난다
생각이 복잡한 가방 속에서 불쑥 꼬리가 튀어나오기도

한다   ─

　이따금 그는 독주를 털어 넣고 저음으로 즉흥곡을 뽑는다
　가락은 공중을 떠다니는 차가운 바람

　그가 음치라는 소문이 퍼진다
　탈출에 성공한 뉴스를 모르는 사람이 없는데
　스스로 은신처가 되기로 한 남자
　물론 나는 아직 가방을 돌려받지 못했다

　*카를로스 곤 회장 사건에서 모티브를 얻음.   ─

북해

망망대해를 항해하는 함선을 보며 함순을 생각한다
그와 나 사이, 함순과 새순 사이 아무런 함수관계가 없지만
눈보라를 헤치고 그가 쇄빙선을 몰고 온다
굶은 지 오래된 사람처럼 움푹 팬 볼, 함구하는 입
얼어붙은 갑판 위에 자작나무 빗자루처럼 선 다리가
으르렁거리는 얼음의 두께를 감지한다
얼음이 움직인다
안개 속으로 부딪힐 듯 지나가는 얼굴들, 선박들
눈처럼 하얀 냅킨과 포개 놓은 빵
그의 신부가 던진 부케가 떠돌아다니는 북해를 지나
한 가지 연료만으로 견디는 쇄빙선 위에서
그의 기관도 식초에 절인 청어만으로 견딘다
바람 없는 날이 계속되고
칠흑 같은 어둠 속으로 침몰하는 날에도
퀴퀴한 선실에서 함순은 책을 읽는다
이따금 하모니카를 분다
침묵으로 허구한 말을 함축하는 함순
누군가는 시인이라 하고
누군가는 혁명가라 하고
누군가는 떠돌이라 했다

소문은 항구에서 항구로 유빙처럼 떠다닌다
겨울바람을 머플러처럼 두른 바닷가 마을
일각고래의 항로를 따라 여름은 오고
사는 일이 슬퍼 더는 공동묘지를 배회하지 않으리라
함몰호 같은 눈을 한 그가 오랜만에 입을 열어 함수초처
럼 웃는다
언제든 오기로 약속되어 있었다는 듯
매서운 추위와 긴 밤을 끌고 그가 온다

*얼어붙은 갑판 위에 자작나무 빗자루처럼: 크누트 함순, 『굶주림』.

15

라 팔로마

— 　광장엔 빵 부스러기처럼 떨어진 햇살을 쪼아 먹고 종탑
위로 날아오르는 비둘기

　비둘기처럼 날개를 접고 창틀에 내려앉는 종소리

　동상 아래 옹기종기 앉아 사진도 찍고 얘기도 나누다가
비둘기 떼처럼 흩어지는 사람들

　늦은 여름, 늙은 가수도 짐을 챙겨 어디론가 떠나간다

　거리엔 똑같은 키로 늘어선 똑같은 불빛의 가로등, 머리
를 숙인 음표처럼 두드리면 똑같은 소리를 내는

　오랜 객지 생활에 너는 가로등처럼 말라 눈동자만 반짝
거린다

　마음을 휘감는 선율을 따라 너는 남고 나는 바다를 건너
떠나오고

— 　부리에서 메마른 잎사귀들이 떨어진다

16

*라 팔로마: 비둘기. 이라디에르 작곡의 하바네라.

털실 고양이

겨울 해는 보푸라기가 많다
털실 꾸러미처럼 천천히 굴러간다

고양이가 양지바른 곳에서 털을 고른다 존다
잠의 동굴 깊숙이 굴러들어 온 해를 쫓아다니며 장난을
친다
쥐를 잡았다 놓았다 놀리는 것처럼

두 알의 개복숭아를 달고 꼬리를 바짝 세우고 걸어온다
꼬리로 물음표를 만든다
고양이 왈츠를 들으며 피아노 위에서 잠든다

햇살은 하늘을 할퀸 자국
앞발을 핥는 입가에 향기로운 수술이 돋는다
털실과 먼지, 정적으로 이루어진 고양이
눈 속 깊은 곳으로 분자구름이 떠다닌다

고양이가 털실 목도리를 두르고 학교에 간다
햇살을 발톱에 걸고 뛰어다닌다
풀어낸 햇살로 그새 새끼 고양이를 한 마리 짠다

　스웨터를 풀어 바지를 짜고 바지를 풀어 장갑을 짜고 나를 풀어 아이를 짜고

　닳고 닳도록 코를 걸어 떠 내려간 내력

　아이가 고양이처럼 몸을 말고 매듭과 문양의 이야기를 듣는다

　잠이 많은 겨울 해가 눈꺼풀 속 괴발개발 찍어 놓은 발자국

　낚아챌까 말까 낚아챌까 말까 고양이는 해를 훌쩍 낚아챈다

환상수림

1.

좌판의 탄자니아 상인이 말했다
이 슬리퍼는 외진 늪에 사는 악어가죽으로 만들었다고
감수성이 풍부한 악어의 여린 살가죽으로 만들었다고
흐린 날엔 축축한 슬픔으로 젖어 들 거라고
나는 즉석에서 흥정을 마치고 악어가죽 슬리퍼를 샀다
1㎝씩 굽을 잘라 신을 때마다 삶은 줄어들고
때로는 악어가 되었으면 좋겠다고 생각했다
그런데 정말 악어가 되었다
한때 인간이 파충류였다는 사실을 증명하듯 온몸에 딱딱
한 비늘이 돋았다
상상의 늪에 살았다
기막힌 사연을 들어 줄 한가한 낚시꾼을 기다리며

2.

침대 아래서 덩치 큰 악어가 기어 나왔다
어두운 시간 사이로 흐르는 늪을 따라왔다고 했다
누처럼 가는 팔다리로 강을 건너는 나를 본 적 있다고 했다

나를 물 위로 내려쳤던 놈이라고 했다
내 눈물이란 눈물을 다 들이켜고도 갈증에 시달렸다고
했다
관짝 같은 피아노 뚜껑을 연다
썩은 이빨들이 가지런한 아가리 속에서
누군가 담배를 물고 재즈를 친다
목구멍 너머 심연으로 연기가 퍼져 나간다
물결 아래 일렁거리는 그림자
비명이 지나간다

3.

욕실에 스콜이 쏟아진다
거울 속으로 양치식물과 넝쿨들이 펼쳐진다
배수관 아래서 하수를 들이켜고 입맛 다시는 소리
타일 아래 악어가 꿈틀거린다
거울 속 뿌옇게 빛나는 왕국
거울 밖으로 악어들이 쏟아진다
집 안을 돌아다니다 은밀한 곳에 알을 낳는다

4.

삼삼오오 둘러앉아 악어 고기를 뜯는다
취한 낚시꾼이 망각의 늪에서 낚았다고
잡식성이라 맛이 깊다고
홍수에 떠내려온 기억을 찾던 여자는
갈대숲에서 악어의 신부가 되었다고
입 큰 아기를 낳았다고
헛기침을 할 때마다 푸른 잎사귀들이 떨어진다

5.

도끼를 들고 피아노를 내려찍는다
으르렁거리며 날이 깊숙이 박힌다
수련이 핀 늪에서 낚시꾼은 희망을 미끼로 던졌다고 떠
벌린다
잃어버린 슬리퍼를 찾아 환상수림을 헤맨다
곳곳에 흩어진 두개골, 떨어져 나간 팔다리
이쑤시개를 물고 나온 사람들이 노래방으로 몰려간다
마이크를 잡고 꼬리를 흔든다

서커스 단장이 악어 턱을 벌리고 머리통을 집어넣는다
톱날이 가득한 장미 굶주린 장미
악어가 악몽을 거슬러 간다
늪의 아가리에서 더 깊은 늪이 쏟아져 나온다

난민 캠프

—

또 다른 저녁이 오고 울음소리가 퍼지고 멀리 어둠 속엔 해진 붕대를 감고 노숙하는 산맥들

밤이 깊도록 우리는 그간의 사정에 대해 아무런 말도 하지 않았다 다만 팔 잃은 아이와 다리 잃은 아이와 부모 잃은 아이와 남은 것이라곤 슬픔밖에 없는 아이와 나란히 철조망에 걸린 달을 보았다

직녀가 짜던 피륙 무늬처럼 평직 능직 수자직으로 쏟아지는 달빛

—

여름 음악 캠프

1.

팽팽하게 조율한 햇살 아래 너는 치아를 드러내며 높은
음자리로 웃는다

여기는 흰 구름 꽃밭, 활엽수 군락이 여름을 부채질하며
활활 타오르고

이파리들 쫑긋거리며 귀를 뒤집는 숲엔

거울 놀이하는 또 다른 이파리들

휘청거리는 국도엔 미루나무 가로수 횃불처럼 타오른다

농장의 거위들이 뒤뚱거리며 낮은 음역으로 울어 대고

담쟁이는 독 오른 뱀처럼 벽을 타고 기어오른다

평균율의 햇살이 창으로 쏟아져 들어온다

빛을 타고 미끄러져 내려오는

꽃과 나무와 새와 음표들

2.

이따금 졸다가 보면대를 쓰러뜨린다

어느 날은 바르샤바나 비엔나, 모스크바에서 온 첩첩의
사연들을 켜며 악보 위로 떨어뜨리는 포도송이만 한 눈물

덫에 꼬리 걸린 음표들이 안간힘으로 버둥거린다

얼룩덜룩한 선율이 포물선을 그리며 재바르게 달아나고

우리는 놈들을 찾아 숲속의 자드락길을 오르내린다

햇살 아래 벗어 놓은 투명한 허물

연습실엔 굴촉성의 선율이 파충류처럼 얽히고설키며 번

식하고   ―

　너는 날마다 먹기 좋을 만큼의 햇살을 뜯어 먹는다

　날마다 따뜻한 공기를 마시고 구름처럼 피어오른다

                                                                                    ―

얼룩말

—

울렁거리는 지층에서 태어났다

검은 줄과 흰 줄의 팽팽한 줄다리기다

터질 듯한 생기로 뛰어다니는 놈을 사로잡기만 하면 세상에 없는 희귀한 소리를 얻을 수 있을 거다

엉덩이를 한 대 세게 치면 무서운 속도로 가청권 밖의 음역으로 내달릴 거다

이 지역의 등고선을 입은 말

얼룩이 상처라면

덜룩은 그만큼의 공백

얼룩이 눈물 자국이라면

덜룩은 빠져나오기 어려운 그늘

울타리 밖의 삶을 기웃거리지만, 울타리 안에 스스로를 가둔

말은 이따금 제 안의 파도를 뚫고 나온다

얼룩, 안간힘으로 울타리를 부순 흔적

산등성이 다랑논과 논두렁의 고단함 같은

이젠 악기도 가구도 아닌 피아노처럼

검은 말도 흰말도 아닌 모호한 말

내가 만든 철창에 다시 갇히는 말

—

수렵도

아무렴 나는 행렬에 앞장선다 활을 조이고 악귀를 쫓듯 악기를 켠다 기둥들이 우거지는 숲 맹수를 쫓는다 해도 달도 중천에 걸려 있는데 덤불을 헤치고 박차를 가한다 사위는 고요하고 발굽 소리와 헐떡이는 숨소리 인적 없는 개울을 달린다 쏴라 궁리할수록 과녁은 멀어진다 해와 달을 떨어뜨리고 별자리를 바꿔라 화살이 매처럼 구름을 가른다 능선을 넘어 참나무 밑동에 말을 맨다

나는 산에서 왔다 여린 새끼들을 데리고 아무렴 아무르에서 떠내려온 유빙을 거슬러 간다 쩡쩡 얼음 깨지는 소리 들으며 시베리아를 거쳐 오논강의 문전까지 간다 다달솜 근처에서 우레 아니면 늑대가 되기로 한다 백지처럼 펼쳐진 설원 죽음으로도 메우지 못할 벌판 몸속에서 샤먼이 춤을 춘다 말총으로 만든 활에서 가락이 너울거린다 눈을 감으면 아무르의 물결 우랄의 잔설 아무렴 나는 가장 힘센 수컷처럼 울부짖는다 시간을 내 것으로 만든다

도시의 규격

한 집 건너 한 집이 치킨점이다 한 집 건너 한 집이 커피
점이다 두 집 건너 한 집이 편의점이다 두 집 건너 한 집이
김밥집이다 거리마다 전봇대 간격이 일정하다 시내버스
발차 간격이 일정하다 아파트 단지 동과 동 사이 햇빛과
그림자 간격이 일정하다 대출이자 상환 날짜가 일정하다
가로수들 잠들지 않는 봉분을 하나씩 이고 발목 묶인 가로
등의 간격이 일정하다 글썽거리는 가로등의 눈망울 주말
에도 영세한 작업장엔 파우스트를 그리워하며 실을 잣는
여공들

개업하는 점집 옆의 타투 가게 성인용품점 성업 중인 비
밀 도박장 옆의 가발 전문점 파출소 폐업하는 24시 마사
지 숍 아래 24시 국밥집 차양이 눈꺼풀처럼 무겁다 보도블
록에 껌 자국이 검은 별처럼 총총하다 블록 틈마다 꽁초가
촘촘하다 아파트 칸칸마다 청구서처럼 입주한 사람들 규
격 속에 들어가면 안심이야 도시는 가로수를 세로로 심는
다 고아나 다름없는 가로등을 모퉁이에 세운다 공단 위로
매연을 마시고 양순해진 구름이 떠다닌다

내 심연과 네 심연 사이를 회유하는 귀신고래 등 위에 파

도와 바위와 따개비처럼 다닥다닥 들러붙은 꿈들 내 불안
과 네 불운 사이를 비집고 들어와 표류하는 섬들

여배우

—

팔꿈치엔 굵은 가지가 떨어져 나간 옹이 자국이 있다

팔뚝엔 뜻을 알 것도 모를 것도 같은 자잘한 점들

카메라를 향해 정밀한 시간 속의 초침처럼 속눈썹을 깜박거린다

소용돌이치는 허리께를 리아스식 해안이라 부르던 날이 있었다
해안선을 바라보며 멀미를 하던 날이 있었다

그녀가 꿈꾼 것은 먼지와 가스와 얼음덩어리에 관한 것

수심 깊은 눈자위에서
물고기를 낚아챈 새가 날아오른다

복부며 허벅지에 패인
핏물 섞인 웅덩이로 구름이 떠다닌다
그간 퍼 올린 한숨일지 모르지

—

망망대해를 항해하던 크루즈선
달 속을 빠져나오고

매립지엔 갈대가 군락을 이루었죠

젖은 목소리 먼바다 파도를 싣고 온다

목선처럼 삐걱거리는 발목으로

그녀가 나선형 층계를 천천히 내려온다

그믐

낡은 서랍에서 이야기를 한 자락 꺼낸다
낙타를 한 마리 꺼낸다
두루마리처럼 말아 둔 계절을 펼쳐
수없이 증식하는 춘하추동을 꺼낸다
길을 따라 터벅터벅 걸어가는 어둠을 꺼낸다
어둠보다 어두운 사람을 꺼낸다
그가 자신의 심장에 박힌 거울 조각을 찾아낸다
거울 속엔 사물함처럼 차곡차곡 쌓인 도시
의안 같은 창과 창
꼭 다문 문과 문
그는 높이 뻗어 가는 콘크리트 숲으로 들어간다
의심스러운 골목들을 지나
이야기 속에 매복한 더 무서운 이야기와 맞닥뜨린다
이야기는 변태를 거듭하고
다족류처럼 여러 개의 다리가 돋아나 돌아다닌다
전선이 탯줄처럼 엉킨 도시
태아처럼 매달린 집과 집들
깨진 거울의 틈에서 비명이 들려온다
매듭과 코를 잘라 낸 이야기
몸통을 토막 내 피투성이가 된 이야기

걸쭉하게 끓여   ―
마침내 아무것도 남지 않은 이야기
고양이들이 서랍장을 열고 들어가 냄새를 맡는다
칸칸마다 차지하고 찢긴 꿈을 꾼다

경계

一

땅만 보며 서 있는 가로등이었다 어두운 모퉁이에서 고개를 숙이고 있는

차량이 속도를 내며 달리는 도롯가에 성냥팔이 소녀가 사라진 자리에

성냥개비처럼 서 있는 가로등이었다

키만 훌쩍 자라 외눈박이 거인처럼 슬픈 눈으로 서 있는 가로등이었다

수런거리며 콩나물 대가리처럼 기하급수적으로 번식하는 가로등이었다

세상은 소리에 들어 있다고 껌벅거리며 음정을 맞추고 있다

느릅나무처럼 자라는 시가지
번지수가 커 가는 거리를 따라 옹이처럼 맺힌 집들

一

언덕을 따라 늑대도 아닌 가로등이 하울링을 한다   —
차가운 달을 한 덩이씩 문다

재앙이 스며들어 인적이 끊긴 도시

불 꺼진 집들이 거꾸로 매달려 잠이 든다

부적을 문 쥐가 털을 곤추세우고 달려가는

느릅나무 잎들이 떨어지는 골목에 구두 뒤축을 꺾어 신고
서 있는 가로등이었다

—

베를린 천사

널 만나러 간다
철물점의 부품 이름 같은 베를린
동서를 가르듯 ㄹ과 ㄹ 사이를 가르는
자음과 모음을 용접하면 베를린이 된다
단단한 이름에서 쇳내가 난다
베를린에선 베토벤, 베버, 베베른, 베르크, 베를 짜는 페
넬로페까지
한꺼번에 열차에 실려 온다
느닷없이 칼국수 가락처럼 내리는 비를 맞는 도시
풀어지는 빗줄기에
분주한 도마질 소리
마지못해 젓가락을 들던 일요일의 점심이 떠오르고
식은 그릇을 물리고
둘러앉은 상을 접기도 전에
비가 그친다
울창해진 기억의 숲 위로 해가 뜨고
버스를 타고 미술관으로 노천카페로 은행으로
그새 마른 바짓가랑이에서 ㄹ을 털어 낸다
이를테면 ㄹ이 거꾸로 걸리거나 멀리 달아나
나사 빠진 도시가 될 수도 있으련만

기차가 중앙역을 출발한다
익숙한 노래가 흘러나오는데
자음이 풍부한 철로 위로 나뒹구는 휴지와 페트병
가로등 아래 검은 옷의 남자
날개를 꺾은 채 머리를 숙이고 있다
레일에서 들려오는 ㄹ, ㄹ, ㄹ, 베를린에 가까운 말
기차가 이 도시의 첫여름을 통과한다

아시아의 밤

一

고요한 소읍의 잠을 덮으며 눈이 내린다
촛불은 여우 꼬리처럼 타고 있다
설화(說話)처럼 설화(舌禍)처럼 눈은 쌓이고
편직물 무늬의 눈은 창을 두드리고
숲 사이로 별들이 유충처럼 꿈틀거린다
나뭇가지 떨어져 나간 자리마다
죽은 사람의 눈동자가 맺혀 있다

젊은 아내 가슴에 옹이를 박고
당신은 눈표범을 찾아 히말라야로 갔다 하고
구름표범을 따라 남방으로 떠났다 하고
풍문은 고인돌 같은 어금니 위에서 생사를 번복하고
어수선한 꿈자리를 들락거리다가
벌목꾼들의 오두막을 넘어
달빛 사이로 꼬리를 감춘다

一

이후의 해변

해변엔 꼬리를 자르고 달아나는 음표들로 가득하다 열
개의 발가락으로 모래톱을 두드리며 게들이 기어다닌다
시선을 숨긴 구멍엔 물거품이 가득하다 해변엔 하염없이
바다를 바라보는 어부들의 묘지 그물에 걸려드는 지느러
미들 철썩거리는 파도 위로 조개껍데기가 떠다닌다 언젠
가 당신도 낯선 악상을 줍게 되리라 해변엔 셔터에 찍히는
얼굴 머리카락을 날리는 바람 손가락에 새겨지는 지금, 지
금, 지금이라고 바다는 쫓아와 뒤꿈치를 물어뜯는다 이따
금 악기들이 난파선 조각처럼 밀려오는 해변 부서진 기억
들을 수습하며 밤새도록 절룩거리는 해변

해변

一 바람이 분다

세계의 모든 해변
세계의 모든 파도

상아로 만든 건반을 치면서 코끼리를 부른다

세계의 중심에서 변두리까지 으르렁거리는 바다

세계의 모든 신화를

과거도 미래도 존재하지 않는 바닷가
한 기의 무인도가 나타나고

흰 옷자락들
밀려오고 밀려간다

낯선 해변에 버려진 피아노

__ 불타다 만 채 서 있는 피아노

깊은 잠
긴 꿈

떠돌이 개가 기웃거린다

따개비와 해초에 덮여
조개처럼 입을 다물고 열리지 않는다

삼월

一 새끼손가락을 자른 봄이 찾아왔다
　　비틀거리며 현관문을 두드렸다
　　술 냄새를 풍겼다
　　소파에 주저앉더니 막무가내 상을 차려 내라 했다
　　불그레한 얼굴엔 기미, 잡티, 주근깨가
　　산등성이에 핀 것 같은 자잘한 꽃들을 피웠다
　　찬장의 그릇들이 쏟아질 듯 흔들거렸다
　　그의 주문이 끝나기를 기다리며 물을 끓였다
　　냄비 뚜껑을 열자 흰 새들이 모락모락 날아올랐다
　　새들의 모가지를 비틀고 비명을 뽑아냈다

　　전세 버스가 들이닥친다
　　가로수들이 분홍 구름을 피워 올린다
　　졸고 있던 환자들이 화환을 들고 내린다
　　마녀의 주문에서 벗어나지 못한 내 청춘이 내린다
　　모종을 마친 농부가 내린다
　　토요일 오후 헬리코박터균처럼 구물거리는 햇살
　　그림일기를 펼치며 민들레가 투덜거린다
　　일기장 위로 거름 덩이가 떨어진다
—　　그가 음식을 재촉한다

냄비에 구름과 화환과 물오른 나뭇가지와
그의 구덩이에서 캐낸 돌을 집어넣고 화력을 높인다

걷기

—

숲속엔 비껴드는 햇살
구름이 흘러가고

낚시꾼이 거울을 깨고 못의 아가미를 낚아 올린다

세 갈래 길이 만나는 곳에서 북북서로 방향을 틀면

차일 아래 관계 증진을 위한
거짓말쟁이협회 회원들의 정기총회가 열리고
박수 소리 들려오고

불행이라곤 모른 채 머리를 맞대고
오순도순 잠드는 무덤들

적막한 꿈속으로 베일을 쓴 여인이 지나간다

네게로 가는 길목에 파 놓은 여덟 개의 구덩이에서
이상한 소리들이 흘러나온다

구덩이 앞에서 발을 구르면

어둠에 방치된 이야기들이 머리를 풀어 헤치고 나온다

이곳을 배회하다 추락한
구출을 원치 않는 자의 신음 소리를 듣기도 한다

구덩이에 뿌리 내린 나무들이 사람의 말을 흉내 낸다

이 구덩이를 극장이라 부르기도 한다

몇 달째 비가 내리지 않은 곳
매운 먼지 냄새

균열이 생긴 리코더가 쪼개진다

필름

1.

꽃그늘 아래서 사진을 찍었는데
금세 이파리들이 떨어진다
카메라엔 낯선 사람들이 저장되어 있다
내가 왜 여기 있는지
알 듯도 모를 듯도 한
어느 날을 찾아
이 도시의 맨 끝에서 끝으로
버스를 타고 갔다 돌아온다

2.

불도저가 잠든 자들의 봉분을 뭉개고
굴착기가 잠든 골목의 꿈을 파헤쳤다
악몽을 꾼 아픈 터, 아파트

하나의 표정밖에 없는 가면을 쓰고 가면에 든다
하나의 표정밖에 없는 가면을 바꿔 쓰고 팔다리를 흔든다
이목구비가 없는 사람들

자기공명영상 속에서 콘크리트를 갉아 먹는다

음향기기가 가득 서 있는 도시
파이프를 박고 소리를 흘려보내는 이가 있다
증강하는 현실과 비현실 사이로 쏟아져 나오는 소음
의료용 시멘트로 때운 내 두개골에서도
미분화된 음들이 빠져나온다

3.

깊은 밤
먼 곳에서
잠든 지붕 위로
손전등을 비춘다
오늘도
무사했는지

달리의 해변

남자는 바바리를 걸치고 있다
다리 사이 종유석 같은 것을 매달고

교실에서 비명이 터져 나온다
학생부장이 뛰어나간다

남자는 달아나고
해변은 눈부셔 인파 속의 그를 찾을 수 없다
불확실한 미래를 추적할 수 없다

반영들 밀려가고 밀려오는 해변
그는 자신을 짊어진 채 질주한다

땀방울 같은 잎사귀를 매달고
속성으로 자라는 나무들

가슴 한복판 뚝딱거리는 시계추를 달고
그는 점, 점, 불안정한 점이 된다

달리면 달릴수록 확장되는 해변

달리지 않으면 사라지는 해변

아무도 기다리지 않는 미지엔
빨랫감처럼 널브러져 있는

시간의 허물들

아무도 수거해 가지 않는다

종이 피아노

나는 질풍과 노도

흰빛과 기막힌 어둠을 지녔다

원한다면 관객들을 이끌고

출렁거리는 계단을 오를 수 있다

구름극장을 향해

굽이치는 레일로 환승할 수 있다

산 너머 누가 다이너마이트를 터뜨리는지

여름이 뭉게뭉게 피어오르고

단 저 허방의 시공이 접히기 전에 돌아와야 한다

우리의 계약은 성사되었고

메아리만 검은 상자에 담아 간다

언제고 만날 것이다

순정률로 이루어진 순정을

나는 피아노가 되기 위해 목소리를 팔았다

내 친구의 집은 어디인가

—

　한 자락 노래처럼 엇비슷한 모퉁이들을 돌아 잘 모르는 곳에 있지 들을 지나 숲을 건너 가물가물한 기억을 등불 삼아 찾아가는 내 친구의 집은 개망초 군락이 환하게 피어나는 동네 아이들 시끌벅적하게 열린 골목 끝에 있지 아침에 잡아 온 다슬기로 한 냄비 국을 끓이는 내 친구의 집은 눈꺼풀 속으로 여울이 흐르고 다슬기 같은 별이 숨어 있지 문패 대신 개 조심이라고 써 놓은 대문들이 바보여꿰처럼 엮여 있는 동네 백구가 꼬리를 흔들며 짖어 대고 장독대 아래 채송화 봉숭아가 알아서 피고 지는 집 고개 넘어 후렴처럼 기다리고 있지 금호강 모래펄 조개가 그어 놓은 길 같은 한가한 노래를 언제나 흥얼거리는 친구 구름이 이 집 저 집을 떠메고 어디론가 흘러가 버린 동네에 있지 오래전 내 친구의 집은

—

한여름 밤의 숲

숲엔 흰 새들이 날아오른다 기둥이 넘어지는 소리 기둥을 끌고 가는 소리 괘종시계는 똑딱거리고 노크 소리에 현관문을 열면 나무들이 오벨리스크처럼 서 있다 우거지는 나무들 사이에서 행방불명된 봄을 찾아낸다 이듬해 실종된 여름을 찾아낸다 시외버스 선반에 올려 둔 채 잊어버린 바이올린을 가문비나무 우듬지에서 발견한다 악기 통을 열자 몇 올의 머리칼만 남은 영아의 미라 말라비틀어진 탯줄 위에 죽은 새들처럼 음표가 나란히 앉아 있다 숲엔 밀린 잠을 자고 있는 오두막 산이 솟고 골짜기가 깊어지는 동안

비단길

첫 번째 서랍을 열자 초원이 펼쳐진다
서커스단이 방울을 울리며 지나간다
상인과 걸인, 나그네가 그림자 드리우며 따라간다
두 번째 서랍을 열자 읽히고 읽혀 표지가 떨어져 나간 책
이 나온다
책장을 넘기자 노상강도가 덤불숲으로 숨는다
먼 길이 반짝거린다
대륙은 길들을 허리에 두르고 모래 실은 구름을 띄운다
이따금 옆구리에서 길이 흘러내린다
페이지마다 창궐하는 도시
영원으로 가는 굽이마다 이야기 좋아하는 사람이 나타나
불면을 달래 줄 약을 팔고
길을 따라 한 소절 노래가 사라진다
세 번째 서랍을 연다
하늘에 묻힌 뼈들이 인광을 뿜는다
큰 새가 나를 물고 세상의 많은 도시 중 하필 이곳에 떨어
뜨린다
콘크리트 숲을 가득 채운 사람들
밤이면 펼쳐지는 수만 가지 이야기 위로 박쥐 떼가 날아
든다

네 번째 서랍을 연다
해와 달이 큰물 휩쓸고 간 황야로 나를 데려간다
사방으로 흩어지는 길 위에서
맹인 악사가 피리를 분다

가뭄

동쪽 숲에 산다는 그를 찾아 나섰다
도끼를 잘 쓰는 벌목꾼이라 하고 총을 잘 쓰는 무법자라
고도 했다
멀고 낯선 곳에서 찾아냈을 때 그는 이미 떠난 후였다
꼬리가 길었지만 여간해서 밟히지 않았다
벌목꾼들의 오두막에서 놀음이 벌어지고
취해 행패를 부리던 사내가 그를 쏘았지만 빗나갔다
그는 늘 사정거리에서 벗어나 있었다
말 잔등에 몸을 싣고 터벅터벅 해 지는 쪽으로 사라진 그가
십 년 후 시인이 되어 나타났다
어느 다리에선가 사랑을 찾았다고 했다

소문처럼 서쪽 숲엔 나무들이 무성했다
불길이 사흘이나 번진 날
쏟아지는 빛 속으로 그가 나타났다
그을린 책을 한 짐이나 지고
몰락한 왕국의 꿈이라고 했다
민둥산에서 연기가 피어올랐다
두꺼운 책을 열자
문장들이 포승처럼 그를 옭아맸다

58

어느 날 꿈에 그가 나타난다
자책과 책망, 문책을 꽂아 둔 서가에서
회중시계를 들고 태엽을 감는다
적막과 오발탄 자국들 사이로
나이테 가득한 얼굴이 떠다닌다

무궁화꽃이 피었습니다
—헌화

一

울부짖는 염소의 멱을 따고 무궁화나무 아래 내장을 묻
었다
내장을 파먹고 무궁화가 죽었다

내게는 계절도 없이 피고 지는 무궁화가 있다

영문도 모른 채 자매는 마당 끝의 나목에 묶였다 동생이
목젖을 드러내고 큰 소리로 울었다 기적처럼 추위가 사라
지고 한겨울 죽은 나무에서 무궁화꽃이 피었습니다

앙상한 가지와 부름켜를 한 자매가 있었다
병치레가 잦았다
영혼 깊은 곳엔 종이접기 하듯 꼬깃꼬깃 접어 둔 무궁화
나무

로마의 첫여름
버스를 타고 햇빛을 열고 가면
라 사비엔차 대학 앞으로 수학여행을 온 여학생들 줄지어
가고
사이프러스가 둘러싼 공동묘지 위로 구름이 피어오른다

석가가 지고에 도달하자 나무들이 꽃을 피웠다는데

술래가 주문을 외고 외었는지
이 먼 곳까지도 입을 벌리고 피어나는 꽃들
당신은 요양병원에 누워 밤낮으로 울었는데

무궁이라는 미지에 이끌려
그 겨울을 일렬로 세운 로마의 무궁화 가로수 길을 걷는다

눈을 가리고 중얼거리다 돌아보면 베를린 음대 앞에도
다하우 수용소 가는 길에도 무궁화꽃이 피었습니다

돌아가야 할 길
아무도 가르쳐 주지 않는 공허의 끝까지
누가 무궁화를 심어 두었나

장미의 세계

배고프다고 울어 댄다
울 때마다 향기를 뿜어낸다
갓 태어난 새끼에게 우유를 먹이는 동안
등으로 기어올라 잠 속을 기웃거린다
내가 그의 이름을 불러 주었을 때
그는 혀를 내밀어 내 눈물을 핥았다
가시 돋친 팔을 뻗어 얼굴을 어루만졌다
골똘한 생각에 잠긴 골목을 지나 다시 생의 여름이 온다고
옆구리로 터져 나오는 꽃들
야옹, 생선을 발라 먹고 가시를 토해 낸다
어두운 그림자를 몰아낸다

끝없는 갈림길이 있는 정원에서
계속 오른쪽 길을 선택했다
나무 한 그루 없고 새 한 마리 울지 않는 황량한 세계에
닿았다
가이 포크스 가면을 쓰고 나타나 가시 돋친 말을 뱉어 내
는 장미
입안에서 벌 떼가 쏟아져 나온다
그 많은 눈시울 위로 타오른다

그 많은 눈시울 무덤 아래 잠든다
기억의 지층에 묻힌 쓰레기를 파내 장미를 접는다
담벼락마다 악취를 풍기며 피어오른다
돌연 줄을 풀고 햇살 속으로 사라진다
해마다 넝쿨지는 새끼들을 물고 온다

골짜기의 백합

一

눈물은 투명한 꽃과 같다
시간을 견디는 얼굴들

울 만큼 울었다고 생각할 때 둘러보면
백기를 든 꽃들
히잡을 쓴 꽃들이 펄럭이고 있다

오래전 해체된 합창단의
그림자 여인들이
들리지 않는 노래를 부르고

눈시울 아래 섬

무덤처럼 고요하고

나는 한 기의 무덤이 되고

백합이 피었다는 소식을 듣고
그 골짜기에 갔을 때

一

낮게 떠다니는 구름

백 가지를 합한 꽃
백골이 뒹굴고

쓸모없는 지식으로 채웠던 이목구비는 썩고

빈 구멍에
공허가 자리를 잡았다

심중에 충만한 음향

다 얻었다가 잃은 기억
흰 꽃들이 사방에 피어

우리 동네

캐스터네츠를 치듯 여자가 구두 소리를 딸깍거리며 걸어
간다
양 귀를 접은 강아지가 따라간다
도시의 맨 서쪽
사람들은 맹견처럼 입마개를 하고 다닌다
우리 집 좌우에는 24시 편의점, 고깃집, 탕수육 전문점이
있고
12m 도로 맞은편엔 수학교실, 애견미용실, 실내포차, 유
소년 축구단이 있다
이곳 사람들 오벨리스크처럼 서 있는 모퉁이 전봇대 아래
꽁꽁 여민 종량제 쓰레기를 봉헌하듯 쌓아 놓고 간다
주차장엔 편의점에 들른 남녀가 굶주렸던 담배를 한 개
비씩 피우고
첫추위가 닥친 날, CCTV 사각지대에서 외벽의 도시가스
차단기를 내린 자도 있다
아마도 그는 순한 개를 데리고 산책하는 평범한 주민일
거다
배관 기술자를 불러 하수구 뚜껑을 열고 자갈을 퍼낸 적도
있다
아무튼 흠향할 수 없는 쓰레기들을 밀어내고 주차를 하며

빨리 이곳을 떠야지

미래란 여분 차원의 암흑물질, 굶주린 포식자일 거라고
중얼거리다가

마침 트럭에 폐지를 싣는 할머니를 만나

신문지와 헌책 몇 박스를 전달한다

가을 뒤엔 수많은 가을이 침묵하며 서 있고

겨울 뒤엔 수많은 겨울이 재고처럼 쌓여

말려 있는 미래는 펼쳐지길 기다린다

앞서간 계절이 묘비처럼 줄지어 선 십이월

뭐가 불만이야?

누가 문자를 보낸다 칼이라도 숨기고 있다는 듯,

이 동네는 수런거리는 피라미드

아침이면 잠이 덜 깬 아늑한 목소리들이 들려온다

장미맨션

재와 침묵으로 이루어진 고양이
내 불면의 경계를 들락거리다 그림자를 잃어버린다

햇살이 반짝거리는 오후
뭐라 뭐라 말을 하는 입속에 흰 건반이 돋아난다

부르다 만 노래처럼 날아다니는 나비를 따라다니다가
마우스 패드에 앉아 키스를 기다린다

눈꺼풀 아래 장미 정원을 만든다
장미 속엔 파마머리를 한 여인들
가시 같은 속눈썹을 맺으며 구름 위로 뻗어 간다

(길을 잘못 들었다고 생각되는 지점에서 눈을 감고
남남동으로 150보 직진하면 장미맨션이 나온다)

맨션의 컴컴한 옷장엔
외출한 엄마 냄새를 풍기는 얼굴 없는 사람들

행렬을 따라 봄 여름 가을 겨울 속으로 뛰어다닌다

내 잠 속으로 잠행한다

의기소침한 그림자를 데리고 독한 방귀를 뀌며 돌아온다

햇살이 눈썹이며 수염을 만들었구나
장미 생각에 골똘히 잠겨 있는데 장마가 시작되는구나

야옹, 비를 흠뻑 맞은 고양이
내게 좁은 문을 열어 주는 문 앞의 고양이

이 어둡고 깊은 우물

一

　　아무렇지도 않게 맑은 날이었다 여섯 살인가 일곱 살인
가 봉숭아 같은 눈망울만 남은 아이 발버둥 치다 거꾸로
처박힌 에밀레 에밀레 종소리 들려오고

　　개와 고양이와 빈 밥그릇과 심심풀이 끝말잇기나 하다가
나뭇잎 배를 타고 놀다가 소나무 잣나무 그림자가 웅얼거
리며 숲을 만들고 늪을 만들기도 하는 시간 그렇지 비바람
이 고층을 타 넘고 박물관 조명 아래서야 사지를 펴는 너
를 들여다본다

　　깊이를 모르는 정간 수장된 율명을 읽고 목이 메는 계면
사라진 이목구비에서 우물쭈물 우물이 흘러내린다 응종(應鐘)
도 황종(黃鐘)도 아닌 눈 내리는 계절이 흘러나온다

　　나 니로
　　너노 니노 누 니누

　　파문이 일지 않는 빈 우물 희미한 가락이 들려온다

二

　　이끼 낀 동공 속으로 저물어 가는 골목 울 밑에 선 봉숭아

70

같은 아이 주인 없는 그림자와 그림자놀이를 하다가 문득
제 이름을 가만히 불러 보는 아이

*이 어둡고 깊은 우물: 경주박물관 특별전에서.

바코드

—

내 일은 우후죽순 올라오는 의심들을 솎아 내는 것 흑/
백의 정원을 잘 가꾸는 것

오대양 육대주엔 얼룩말이 산다는데 어른거리는 무늬는
젊은 신의 지문에서 왔다 하고 눈 덮인 산맥 어두운 골짜
기에서 흘러왔다 하고 빈/부가 만든 명/암이라고도 하는데
나는 어느 이름난 기생이 모았다는 핏물 덜 가신 어금니
자루 같은 굵은 소금 자루를 싣고 가서 여든여덟 마리 얼
룩말을 샀다

진/위를 알 수 없는 말들이 영역을 넓혀 간다 깃발처럼
꼬리를 흔든다 진열대에 가득한 자국

유통기한 임박한 말들이 달린다 입/출금을 알리는 문자
소리 존재/부재의 의혹 속으로 피어오르는 구름 얼룩말은
멈추지 않는다 잎을 떨군 겨울을 뚫고 간다

—

72

나쁜 피

1.

바람 한 점 없는 여름 공중에 떠 있는 나무 박쥐처럼 거꾸로 매달려 낮잠 든 잎사귀들 자맥질하다 물가로 기어 나온 여자는 들이켠 물을 배설하듯 운다

눈물이란 물속 어디든 자라나 일렁거리는 물풀
한번 스며들면 좀체 빠지지 않는 풀물

울음이 짙어지는 저녁
허기진 듯 허리춤으로 기어오르는
초록, 초록, 땅 위 땅 아래 울부짖는 소리
눈시울 아래 섬이 떠오른다

2.

눈물에도 뿌리와 줄기가 있어 이파리가 뻗어 나간다 잔뿌리들이 얼굴 위로 기어오른다 저수지 물고기들이 배를 드러내며 죽어 가는 팔월, 미루나무 가로수 길을 얼굴 없는 여자가 걸어간다 검은 눈물을 훔치며

3.

　여기는 태양의 중앙집권이 미치지 못하는 변방, 지붕 위
에 머물다 가는 바람과 구정물 덜 빠진 빨래와 포화처럼
피어오르는 구름과 몸 구석구석으로 뻗어 가는 수맥

　4.

　그해 가을
　검은 새가 날아와 눈을 찔렀다
　창살을 뚫고 새는 눈 속에 갇혔다
　그러나 거울을 들여다보면
　멀리 날아갈 꿈을 꾸는 새
　피투성이 새

　5.

　물 가득한 몸,
　허리나 가슴께가 출렁거린다

고된 식당 일과 치근대는 사내들
아이들 치다꺼리와 취객들의 횡포에 시달리지만
담담하게 수압을 조절하는 댐
만수위로 차오를 때까지 버텨 보지만
불안으로 스며드는 불운
눈물은 방류된다
멀건 뼛국 같은
눈물의 수심을 헤엄치는 물고기
내 알 것 없다고 떠다니는 구름
몸속에 둥지 튼 산비둘기가 운다
질금질금 스며 나오는
나쁜 피

마술 피리

一　　취해 돌아온 당신은 키 큰 나뭇가지에 겨울 별자리를 걸쳐 놓는다 흥얼거리며 방뇨를 한다

다국적 제약회사가 생산한 수면제처럼 반짝거리는 별, 금호강 가 지천인 개여뀌처럼 뿌리째 엮여 나올 것 같은

당신은 중얼거린다 전염병처럼 이 도시의 맨홀을 빠져나오는 흐느낌과 모락모락 피어오르는 모략이 오늘도 씁쓸한 노래 머금은 별자리를 만들고 있을 거라고

여자와 남자 사이에 아이들이 태어나고 아파트 단지가 들어서고 수학여행을 떠난 아이들은 돌아오지 않는다

쥐 떼가 쏟아져 나온다 삶을 재촉하는 피리 소리

사라진 아이들은 어디선가 어른이 되고

앞산 뒷산 산개성단처럼 흩어지는 무덤

—　　멀리 자갈을 굴리는 물소리, 이른 추위에 떨며 서로를 비

추는 별빛

그해 가을

1.

그러니까 만국기가 휘날렸다 가을은 예포도 울리지 않고 한 척의 배처럼 밀려왔다 붕어 놀던 구정물 비슷한 붕어매운탕을 먹고 이 산 저 산 울리는 비명을 들었다

초록은 세상을 밝게도 어둡게도 했다

저기 적의(赤意)도 모른 채 적의(翟衣)를 입는 산

습한 바람이 불어와 여름이 너와 함께 가던 길을 돌아올 것도 같은 시월이었다 나를 불안으로 물들였다

2.

연인들이 지나가는 오솔길엔 루주를 바른 입술들 발길에 채이며 수군거렸다 갈대 덤불엔 여읜 개가 깃털을 뒤지고

생각이 많아진 새들이 기류를 탔다 아직 닥치지 않은 추위를 걱정하는 내 눈 깊숙이 쭉정이 같은 햇살이 날아들었다

그해 가을 겨보다 가벼운 날들이 산을 넘었고

눈을 감으면 프로펠러 소리가 들려왔다 누군가 붉게 물든
누군가를 싣고 갔다

무심한 손길이 빈둥거리며 남겨진 빈 들판에 참새 떼를
파종했다

피아노의 세계, 세계의 원리

—

0101001010100101001010100101001010100

실득실득실실득실득실득실실득실득실실득실득실득실실

공색공색공공색공색공공색공색공공색공색공공색공색공공

모자모자모모자모자모자모모자모자모모자모자모자모모

눈이 내려 세계가 순백으로 덮이고

영겁의 겨울이 이어져도

피아노는 흑백 논쟁을 계속하고

얼어붙은 흰 들판과

시쿠사크의 파편 같은 바위 위를 달리며

열 손가락은 이해(利害)를 따지고

—

80

바코드 뒤에 해머를 숨기는, 해머 뒤에 현을 숨기는

어디로 가는가 파이드로스여

아름다움은 두 얼굴을 지닌 것이 아니란다

*시쿠사크: 오래된 고대의 눈.

이 시간

—

올리브 열매 같은 까만 눈망울을 굴리며 새들이 지저귄다

올리브나무 가득 새 울음소리를 채우는 저녁이다

이 집은 붉은 벽돌을 타고 오르는 담쟁이의 선율로 가득
하다

그루터기 뱀들이 덩굴로 변했다는 집

팔짱을 끼고 하늘을 올려다본다

곧 보름달이 떠오를 시간

달의 둔부엔 맨홀 뚜껑처럼 앉은 딱지

이따금 아문 곳이 꽃처럼 벌어진다

저녁 바람의 입술 닿는 곳

— 올리브나무 꼭대기에 별을 걸어 두고 식탁을 차리는 시

간이다

아이들을 부르는 밤이다

Mississippi Blues

굵고 단단한 씨앗을 한 톨 심었을 뿐인데 수풀 사이로 물줄기가 뱀처럼 구불거리며 자라난다 미시시피, i와 s가 넷씩이나 들어가 유속과 수량을 짐작할 만하다

시간의 수원지에서 흘러나온 하루하루가 미시시피, 책갈피 안으로 흐른다

도시와 농장이 펼쳐지고 학교가 자리 잡고 아내와 남편이 정원을 가꾸고

강가엔 무심하게 번식하는 햇살

아시다시피 mi와 ssi, ssi와 ppi는 장 5도의 덤덤함, 둑을 넘어 범람하기도 한다

짐작하다시피 잭슨시티의 맨홀에선 묵은 시간으로 이루어진 미시시피악어가 불쑥 기어 나오기도 한다

미시시피 포커판엔 총기 소지가 금지라는데 Ssissippi, 총알이 총구를 빠져나가는 소리

증기선이 목화솜 같은 연기를 뿜는다 이곳에선 시시비비를 따지지 마라 캠핑용 레시피를 시시하게 취급 마라

　옛 애인의 연락은 지나간 세금 고지서 같은 것이라고 물에 젖은 이름들을 건져 올리다가

　우리는 불현듯 그곳을 떠났다

　곤한 잠에서 부시시 일어나면 처음 본 듯 미시감으로 미시시피가 흘러간다 이제는 쇠퇴해 버린 그해 여름의 자음과 모음을 그리며

　건너려니 어느새 큰 강이 사라져 버린다

*옛 애인의 연락은 지나간 세금 고지서 같은 것이라고: 영화 「패밀리 맨」.

아마도

가 보지 못한 섬
구름 위에 뿌리를 내린,

사람들 사이에 섬 이야기가 무성했다

천섬(天閃)이나 안섬(眼閃) 사이 언뜻 보이는
기억의 심연에서 솟구쳐 존재를 회복하는 섬

네 허리처럼 휘어지는 어둑어둑한 골목에서 탱고가 흘러
나온다

사랑을 묻고 또 물어도
아마도, 아마도, 아마도라고 답할 뿐

그건 창과 방패를 든 찔레회(會)가 지키는 섬이거나
너를 골몰하는 골방일 거라고

제로섬에 지친 나도
망망대해 가운데 아무도 들이지 않았다는
그 섬으로 난파하고 싶었다

비밀을 털어놓고 봉인한 구멍에
풀들이 자라 하늘거린다

아마도는 초월 지형

너라는 고유종이
조금씩 진화해 가는

프레임

—

　빈틈없이 박혀 있는 가가호호다 천적이 없는 군락지 사람을 빨아들인다 이곳으로 공급되는 비밀과 어둠이 있다 이목구비가 수없이 뚫린 마법 같은 신체가 있다 대량 복제되는 내일 주문(呪文) 속에 거주하는 사람은 졸음에 겨운 창을 닫는다 긴 가락을 불다가 미궁 속으로 사라진다 증식한다 가가호호

—

눈먼 코끼리를 위한 바흐

동물보호구역에 62세의 람 두안이 산다
펄이 자주 방문해서 연주를 한다

먼 산맥엔 바람에 헤진 룽다가 펄럭이고
그만큼 헤진 귀를 펄럭이며 두안은 음악을 듣는다

밀려오는 기억을 이기지 못하고
육중한 몸을 긴 코를 흔들며 피아노 곁을 서성거린다

삶이 빈 요새처럼 적막으로 가득 차서 흘러나오는 선율

펄이 평균율을 치는 동안
쇠꼬챙이와 사슬이
서커스의 눈부신 조명이 나타났다 사라지고
벌목장의 나무가 허리를 덮치고

두안이 제 몸에서 울부짖는 코끼리를 꺼내고 있다
무거운 보따리들을 하나둘 들어내고 있다

영 오지 않을 것 같던 봄날

코끼리의 꿈이 투영된 환영 같은 날

두안은 강물인 듯 바위인 듯 생각이 많은 채로 서 있다

밀림엔 검은 피아노 한 대, 늙은 코끼리 한 마리

숲이 무언가를 중얼거리는 저녁 속으로
두안은 신전의 기둥만 한 다리를 천천히 옮긴다

밤에 공원을 산책할 때면
곡예하듯 한 발로 서서 잎사귀를 피워 올리는 나무들
코끼리 울음소리가 여기저기서 들려오는 것 같을 때가
있다

시적 공명, 그 수행의 울림

이병국(시인, 문학평론가)

*

서영처 시인은 산문집 『노래의 시대』(이랑, 2015) 프롤로그에서 "모든 감각의 근원은 소리"라고 말한다. 특히 노래는 "마음의 가장 깊숙하고 후미진 곳까지 침투해서 존재의 의미를 확인시킨다"고 했다.(6쪽) 주지하다시피 존재의 의미는 개인적 층위의 단독자적 자리에 제한되지 않는다. 그것은 존재가 세계와 맺는 공동체적 관계에 의해 유연하게 작동한다. 그렇기에 "노래는 개인의 기억과 추억을 지배하는 것이지만 동시에 공동체의 기억과 추억을 지배하"며 시대적 맥락을 양식화한다(8쪽). 이를 내면화한 개인에게 노래 및 음악은 사적 인식의 범주를 넘어서는 공동체적 사유를 야기하고 사회와 세계로 주체의 시선을 넓힐 계기를 제공한다. 시인은 "예술이 주는 환희와 황홀은 인간의 감성과 의식을 변화시키고 보다 확장된 무한한 세계로 인도한다"고 진술함으로써 이에 응답한다(184쪽). 이는 서영처 시인이 이전 시집 『피아노 악어』(열림원, 2006)와 『말뚝에 묶인 피아노』(문학과지성사, 2015)를 통해 형상화한 세계에 대한 시적 감각의 기원을 짐작하게 하는 유의미한 진술이라 할 수 있다.

　이러한 시인의 시적 감각은 세 번째 시집 『악기들이 밀려오는 해변』에서도 반복, 재생된다. 그것은 피아노를 전유해 '세계의 원리'를 거칠게 형상화한 시 「피아노의 세계, 세계의 원리」에 잘 드러난다. 피아노 건반의 형상을 '0'과 '1'의 디지털 코드로 환원하며 시작하는 이 시는 이 코드를 "실득실득실실득"과 "공색공색공공색", "모자모자모모자"로 변주함으로써 얻고 잃음, 허무와 욕망, 파편화된 언어적 질서 등 존재를 둘러싼 세계의 원리를 비교적 간단하게 풀어내고 있다. 그러나 이를 접한 우리는 어떤 정동적 동요를 경험하게 되는데 이는 음악적 감성과 의식을 통해 "얼어붙은 흰 들판"에서도 "흑백 논쟁"에 매몰되어 있거나 "이해(利害)를 따지"는 세태를 비판하고 소비주의적 사회의 기만적 폭력성이 삶의 배면에 놓여 있음을 마주하게 되기 때문이다. 그런 와중에 시인은 "어디로 가는가 파이드로스여"라고 묻는 소크라테스의 목소리를 들려준다. 나아가 "아름다움은 두 얼굴을 지닌 것이 아니"라는 전언을 시의 끝에 배치함으로써 '0'과 '1'의 세계, '흰색'과 '검은색'이 분리된 것이 아닌 동일한 방식으로 존재의 삶에 영향을 미치고 있음을 간과하지 말아야 한다고 주지시킨다. '실'

과 '득', '공'과 '색', '모'와 '자'는 각각 이중적인 가치를 내포하고 있으나 분리 불가능한 원리로써 작동하고 있음을 분명히 전하고 있는 셈이다. 그런 점에서 이번 시집은 피아노의 음악적 감각을 전유하여 저 바깥의 세계에 공명함으로써 내적 울림을 가능케 하는 데로 이어진다고 할 수도 있을 것이다.

*

기실 바깥의 세계는 공정하고 정의로운 어떤 단일한 원리로 작동하지 않는다. 그곳은 "모호한 햇살 속에서 내가 아닌 것 같은 나"의 "환영들로 가득"한 곳이자 "엉기성기 기워 입"은 그림자들이 충돌하며 갈등하는 불확정성의 공간이다(「다시 봄」). 그리하여 타자의 고통을 전제한 채 보편적 불행과 불합리한 죄책감을 느끼며 살아가야 하는 곳인지도 모른다. 그렇기에 우리는 공정을 부르짖으며 억압 없는 소망 충족의 가능성을 꿈꾸다 이내 좌절하고 마는 것은 아닐까. 멀리 갈 필요도 없다. 가까운 곳에서부터 시작하자.

도시의 맨 서쪽
사람들은 맹견처럼 입마개를 하고 다닌다
우리 집 좌우에는 24시 편의점, 고깃집, 탕수육 전문점이
있고
12m 도로 맞은편엔 수학교실, 애견미용실, 실내포차, 유소

년 축구단이 있다

이곳 사람들 오벨리스크처럼 서 있는 모퉁이 전봇대 아래

꽁꽁 여민 종량제 쓰레기를 봉헌하듯 쌓아 놓고 간다

(중략)

빨리 이곳을 떠야지

미래란 여분 차원의 암흑물질, 굶주린 포식자일 거라고 중

얼거리다가

마침 트럭에 폐지를 싣는 할머니를 만나

신문지와 헌책 몇 박스를 전달한다

가을 뒤엔 수많은 가을이 침묵하며 서 있고

겨울 뒤엔 수많은 겨울이 재고처럼 쌓여

말려 있는 미래는 펼쳐지길 기다린다

—「우리 동네」부분

"우리 동네"는 생생한 삶의 현장이며 세계의 축소판이다. 그러나 고유성과 보편성이 중첩된 공간인 "우리 동네"를 화자가 긍정적으로 사유하고 있지는 않아 보인다. "24시 편의점, 고깃집, 탕수육 전문점"을 비롯하여 "수학교실, 애견미용실, 실내포차, 유소년 축구단"은 여기가 아니어도 어디에서나 찾아볼 수 있기에 의미 있는 장소로 기능하지 못한다. "오벨리스크처럼 서 있는 모퉁이 전봇대 아래" 쓰레기를 버리고 짐짓 아무렇지 않게 살아가는 이들은 오히려 장소의 사유를 부정하며 사적 편의를 위해 무의미한 폭력을 자행한다. 이는 특정한 존재가 행하는 것이 아닌 "순

한 개를 데리고 산책하는 평범한 주민"의 무지성적 행위로 발현된다. 타인을 배려하지 않는 비윤리적인 행태는 파편화된 개인의 양태만을 양산할 뿐 "우리 동네"를 공동체적 층위에서 사유할 수 없도록 이끈다. 그리하여 생생한 삶의 현장은 뒤집어 말하면 공동체적 관계를 폐기하는 혐오적 정동을 야기하고 개인적 삶의 맥락만을 내세우는 부정의 한 곳으로 전락해 버리고 만다.

이 시의 화자는 "빨리 이곳을 떠야지"라고 생각하며 "미래란 여분 차원의 암흑물질, 굶주린 포식자일 거라고 중얼거"린다. 화자 역시 '우리'를 사유하지 않는다는 점에서 "맹견처럼 입마개를 하고 다"니는 사람들과 별반 다를 바가 없어 보인다. 소통하지 않는, 단절된 존재들의 '동네'는 배타적이기만 한 도시적 삶의 병증으로 감각되며 그 어떤 미래도 긍정적으로 상상할 수 없게 한다. 그런 이유로 화자는 폐지를 줍는 할머니에게 "신문지와 헌책 몇 박스"를 건넨다 한들 그 어떤 길항작용도 이루지 못하고 그저 "시간을 견디는 얼굴"을 한 채(「골짜기의 백합」) "나무 한 그루 없고 새 한 마리 울지 않는 황량한 세계에 닿"을 뿐이다(「장미의 세계」). 그러니 주체가 어떠한 미래를 상상할 수 있을까. 황량하기만 한 세계는 규격화된 도시를 확장해 가며 "내 불안과 네 불운 사이를 비집고 들어와 표류하는 섬들"로 존재를 채우고 있으니 말이다(「도시의 규격」).

앞에서 살펴본 것과 같이 서영처 시인이 감각하는 도시는 '우리'를 사유하지 않는 파편화된 존재의 공간이다. 그곳에서의 삶은 평범해 보이지만 조금만 깊이 들어가 보면 「그믐」에서 형상화한 것처럼 "높이 뻗어 가는 콘크리트 숲"과 "의심스러운 골목들"로 구축된 "이야기 속에 매복한 더 무서운 이야기"로 가득하다. "의안 같은 창과 창/꼭 닫힌 문과 문"만이 넘실댈 뿐이어서 타인과의 소통이 불가능하여 사람들은 고립된 채 "칸칸마다 차지하고 찢긴 꿈"의 조각만을 건져 낼 따름이다. 이 어둡고 참혹한 삶의 양태는 그 어떤 예술적 감각을 지닌다 해도 존재를 구원할 수 없는 것처럼 보인다.

　　흙을 파먹고 얽히고설키는 뱀처럼 사방으로 뿌리를 뻗어
　나간다 노선마다 감자알처럼 맺히는 얼굴들 삶은 감자 냄새
　를 풍기는 인파들

　　거대한 자루에서 쏟아져 나온 듯 지하에서 더 깊은 지하로
　굴러가고 굴러오고

　　감자탕집에서 주먹만 한 감자를 먹는다 어두운 골목에서
　고기를 굽는다 매캐한 연기 속 잔 부딪치는 소리 어디선가 들
　려오는 샤먼의 북소리
　　　　　　　　　　　　　　　　　　　　—「지하철역에서」 전문

시집을 여는 서시 격인 이 시의 배면에 에즈라 파운드가 20세기 초 파리의 지하철 콩코드역을 빠져나오는 이들을

보며 읊은 「지하철역에서」가 겹친다. 에즈라 파운드의 시는 비에 젖은 검은 가지의 꽃 이파리들로 군중의 얼굴을 형상화한다. 밀폐된 공간에서 그 어떤 정서적 교감도 나누지 않는 이들이 파편화된 채 지하철역을 빠져나가는 모습이 그려진다. 서영처 시인의 시도 유사한 이미지를 경험하게 한다. 시인은 지하철에 탄 이들을 "흙을 파먹고 얽히고설키는 뱀"에 빗대는 듯하다가 "뿌리를 뻗어 나"가는 식물의 층위로 전환시킨다. 이때 바닥에 붙어 삶을 영위하는 뱀은 신화적 시대부터 혐오의 대상으로 표상되어 왔던 만큼 수직적인 도시의 삶과는 유리된 존재의 전락을 의미한다고 볼 수 있다.

"지하에서 더 깊은 지하로" "뿌리를 뻗"는 이들의 "삶은 감자 냄새를 풍"긴다. 비교적 척박한 땅에서도 가꿀 수 있어 기근이 심할 때 주식으로 대용할 수 있는 감자는 구황작물로 그 의미가 깊지만, 쌀이나 밀의 대체제로 간주될 따름이다. 이는 온전한 존재로 인정받지 못하는 타자의 양태를 상징한다고 볼 수 있다. 그들에게 주어진 "도시의 규격"이란 바닥에 제한되며 수직적 세계와는 거리가 먼 계층적 차이만을 부여함으로써 존재를 공동체 바깥으로 내몬다. 이러한 존재를 응시하는 시인은 섣불리 화해와 통합의 가능성을 모색하지 않는다. 그저 고단한 삶을 위로하며 감자탕집에서 그리고 어두운 골목의 고깃집에서 "매캐한 연기 속 잔 부딪치는 소리"를 듣는다. 시인은 저 소리를 "샤먼의 북소리"로 감각한다. 치유의 음악이라고 할 수 있는 저 북소리는 파편화된 이들을 느슨한 연대로 묶는 기능을 수행한다. 구체적인 행위로 전환되지는 않지만, 이는 도시가 강제하는 규격에 스스로를 맞추지 않고 평화로운 일상을 지키는 일을 지속함으로써 소외되는 존재로 전락하지 않으리라는 의지가 투영된 것이라 볼 수 있다. 어쩌면 그것이야말로 시인이 재현할 수 없는 타자의 고통을 감각하고 이를 기록하고자 하는 예술적 수행 의지가 아닐까.

*

주지하다시피 서영처 시인의 시적 사유는 음악적 표상에 토대를 둔다. 앞선 두 권의 시집에서 공통적인 소재로 차용된 '피아노'는 이번 시집에서도 중요한 모티프로 기능한다. 「환상수림」에서 보이듯 피아노를 전유한 '악어' 또한 변주되어 뚜렷한 존재감을 드러낸다. 특히 "감수성이 풍부한 악어"는 폭력적이면서도 여리고 취약한 존재로 형상화되어 벗어날 수 없는 기만적 세계의 폭력성을 "늪"의 악몽으로 재현하는 데 기여하고 있다. 이는 악기가 지닌 공명, 즉 진동계의 진폭이라는 현상을 통해 남의 행동이나 사상 등에 깊이 동감하여 함께하려는 생각을 갖는다는 공명에 닿아 타자와 세계를 사유하는 시인의 시적 수행으로 전환된다. 공감으로서의 공명은 울림을 일으키는 어떤 여백의 자리를 요청한다. 그리고 이 자리에는 결여와 그것을 불러오는 상처와 고통이 놓인다. 앞에서 읽은 도시 공간에서 살아가는 이들의 전략처럼 말이다.

> 울렁거리는 지층에서 태어났다
> 검은 줄과 흰 줄의 팽팽한 줄다리기다
> 터질 듯한 생기로 뛰어다니는 놈을 사로잡기만 하면 세상
> 에 없는 희귀한 소리를 얻을 수 있을 거다
> 엉덩이를 한 대 세게 치면 무서운 속도로 가청권 밖의 음역
> 으로 내달릴 거다
> 이 지역의 등고선을 입은 말
> 얼룩이 상처라면
> 덜룩은 그만큼의 공백
> 얼룩이 눈물 자국이라면
> 덜룩은 빠져나오기 어려운 그늘
> 울타리 밖의 삶을 기웃거리지만, 울타리 안에 스스로를 가둔
> 말은 이따금 제 안의 파도를 뚫고 나온다
> 얼룩, 안간힘으로 울타리를 부순 흔적
> 산등성이 다랑논과 논두렁의 고단함 같은
> 이젠 악기도 가구도 아닌 피아노처럼
> 검은 말도 흰말도 아닌 모호한 말
> 내가 만든 철창에 다시 갇히는 말
>
> ―「얼룩말」 전문

인용한 「얼룩말」은 시인의 시적 사유가 지닌 응시의 지
향이 세계의 부정과 충돌하여 일으키는 고통을 절묘하게

형상화하고 있는 시다. 「지하철역에서」에서 언급했듯이 바닥은 "도시의 규격"을 강요당한 존재가 강제된 자리이다. 이 시에서는 이를 "지층"이라고 본다. 바로 그곳에서 "검은 줄과 흰 줄의 팽팽한 줄다리기"가 비롯된다. 강렬한 생의 의지를 역동적으로 묘파하고 있는 이 구절은 피아노의 음악성과 공명하여 세계로부터 배제되고 소외된 존재의 통렬한 울림을 경험하게 한다. 이 역동성은 "터질 듯한 생기로 뛰어다니는" 얼룩말의 표상을 통해 비루한 삶을 생생하게 가시화한다. 그 삶은 "세상에 없는 희귀한 소리"로 한계를 모르고 "무서운 속도로 가청권 밖의 음역으로 내달릴" 가능성으로 충만하다.

그러나 이는 상상적 층위에 머물러 있다. 얼룩말의 표상처럼 매끈한 형질을 지니지 못한 상황이기 때문이다. 시인은 얼룩말의 "얼룩"을 "상처"로 "그만큼의 공백"으로 맥락화한다. "얼룩"과 "덜룩"으로 분절되어 있으나 알다시피 그것은 분리 불가능한 영역이라서 "얼룩이 눈물 자국이라면/덜룩은 빠져나오기 어려운 그늘"이 되어 존재의 아픔을 고통스럽게 되뇐다. 그리하여 "지층"의 삶은 상처와 공백, 눈물과 그늘만을 점유하며 "울타리 밖의 삶을 기웃거"린다 하더라도 이는 그 어디에서도 환대받지 못한 처지를 강화할 따름이다. 그런 이유로 저 바닥의 존재는 "울타리 안에 스스로를 가"두고 바깥의 세계로부터 은폐된 자리를 생의 장소로 수용하고 만다. 물론 "이따금 제 안의 파도를 뚫고 나"오는 언어를 통해 "안간힘으로 울타리를 부"수고자 할

때도 있으나 그 안간힘의 "흔적"은 "얼룩"에 불과한 수준에
머문다. "산등성이 다랑논과 논두렁의 고단함"의 자리에
밀려난 이들은 "악기도 가구도 아닌 피아노처럼" 혹은 "검
은 말도 흰말도 아닌 모호한 말"처럼 존재하지만 존재하지
않는 타자로 "얼룩"지고 만다.

시인은 「바코드」에서 이러한 얼룩말의 무늬를 "빈/부가
만든 명/암"이라고 본다. 자본주의적 체제를 수용한 도시
적 삶의 양태는 빈부의 차이로 인한 명과 암으로 나뉘어
존재에 짙은 그늘을 드리운다. "진/위를 알 수 없는 말"로
존재를 기만하는 세계 속에서 시인이 응시하는 바닥의 존
재는 "불도저가 잠든 자들의 봉분을 뭉개고/굴착기가 잠
든 골목의 꿈을 파헤"치는 악몽 속으로 침잠한다(「필름」). 죽
음과 유사 죽음의 형식인 잠조차 허락되지 못하는 것이다.
이러한 현실 속에서 존재는 "하나의 표정밖에 없는 가면을
쓰고" 또 그것을 "바꿔 쓰고 팔다리를 흔"들어 보지만 그
어떤 변화도 끌어내지 못한 채 본래의 얼굴을 잃어버리고
세계의 "얼룩"으로 내몰릴 뿐이다(「필름」). 이곳에서 무사함
을 바란다는 것은 그야말로 스스로를 기만하는 일인지도
모른다. 그러나 "얼룩"으로 내몰린 존재에 공명하고 그들
을 환대할 언어를 모색하는 시인의 시적 수행으로 말미암
아 무사함을 바라는 마음은 깊은 울림으로 되돌아온다.

바람이 분다

세계의 모든 해변
세계의 모든 파도

(중략)

과거도 미래도 존재하지 않는 바닷가
한 기의 무인도가 나타나고

(중략)

낯선 해변에 버려진 피아노

불타다 만 채 서 있는 피아노

깊은 잠
긴 꿈

—「해변」 부분

　해변엔 꼬리를 자르고 달아나는 음표들로 가득하다 (중략)
해변엔 하염없이 바다를 바라보는 어부들의 묘지 그물에 걸
려드는 지느러미들 철썩거리는 파도 위로 조개껍데기가 떠
다닌다 (중략) 해변엔 셔터에 찍히는 얼굴 머리카락을 날리는
바람 손가락에 새겨지는 지금, 지금, 지금이라고 바다는 쫓아
와 뒤꿈치를 물어뜯는다 이따금 악기들이 난파선 조각처럼

밀려오는 해변 부서진 기억들을 수습하며 밤새도록 절룩거리
는 해변

—「이후의 해변」 부분

달리면 달릴수록 확장되는 해변

달리지 않으면 사라지는 해변

아무도 기다리지 않는 미지엔
빨랫감처럼 널브러져 있는

시간의 허물들

아무도 수거해 가지 않는다

—「달리의 해변」 부분

표제에 쓰인 "악기들이 밀려오는 해변"은 어떤 공간일까.
배제된 삶의 양태를 톺는 시인은 그곳에서 무엇을 응시하
는가. 일반적으로 바다는 존재의 기원과 연결된다. 그곳은
"아무르의 물결 우랄의 잔설"이 지닌 원형적 삶의 최종 도
착지이자(「수렵도」) "가물가물한 기억을 등불 삼아 찾아가" 본
"내 친구의 집"과 "다슬기 같은 별"을 품은 곳이다(「내 친구
의 집은 어디인가」). 그곳은 아름다운 설화적 세계이면서 상실의
감각으로 존재를 "매서운 추위와 긴 밤"으로 내모는 곳이

기도 하다(「북해」). 어쩌면 "과거도 미래도 존재하지 않는" 곳이면서 "한 기의 무인도"로 삶을 살아가는 존재의 시원인지도 모른다. 그러한 바닷가 한쪽 해변에 "깊은 잠/긴 꿈"으로 "버려진 피아노"가 놓여 있다. 해변은 바다의 끝이자 시작이고 땅의 시작이자 끝이다. 시작과 끝이 교차하는 공간인 해변은 "하염없이 바다를 바라보는 어부들"과 그들의 "묘지"가 있는, 삶과 죽음의 공간이기도 하다. 또한 "철썩거리는 파도 위로 조개껍데기가 떠다"니듯이 정주의 불안정성으로 말미암아 끊임없이 유동해야 하는 일시적 공간이라 볼 수도 있다. 그런 이유로 그곳은 "달리면 달릴수록 확장되는" 한편 "달리지 않으면 사라지는" 곳이기도 하다. 이때 달린다는 행위는 새로운 세계의 지향이 될 수도 있으나 "불확실한 미래"를 향해 있기에 "아무도 기다리지 않는 미지"로 남으며 "아무도 수거해 가지 않는" "시간의 허물들"로 가득할 따름이다.

"불확실한 미래"를 품고 유동하는 공간으로서의 해변에 "악기들이 난파선 조각처럼 밀려"온다. 그렇게 떠밀려온 피아노가 "불타다 만 채 서 있"다. 시작보다는 끝에 가까운 부정의 공간이자 조각난 희망으로 파편화된 세계의 해변에서 시인이 발견하는 것은 "흰빛과 기막힌 어둠"을(「종이 피아노」) 지닌 불탄 피아노로 상징되는 "얼룩"이다. 그것은 강렬한 죽음의 이미지를 그림자처럼 드리운 존재의 심연이라고 할 수도 있겠다. 그럼에도 시인은 그곳에서 "순정률로 이루어진 순정을" 위해 자신의 목소리를 내어놓고자 한다(『종이 피아노』). 비록 종이로 만든 피아노의 위태로움만을 받아들여야 할 수도 있지만, 그 불안한 음정에 공명하여 내몰린 존재의 얼룩을 기록하는 일에 기꺼이 자신을 기투한다. 이는 "마음의 가장 깊숙하고 후미진 곳까지 침투해서 존재의 의미를 확인"시키는 음악의 미학적이고 수행적인 실천의 양태인지도 모르겠다. 그러나 시인의 시적 지향이 바로 그 지점에 놓여 있음은 분명하다.

*

서영처 시인의 이러한 시적 지향은 피아노로 상징되는 음악과 그로부터 길어 올린 심상적 이미지를 넘어 실체적 경험의 층위에서 두드러진다. 이는 「우리 동네」와 「도시의 규격」에서 그려진 생활 공간에서의 경험뿐 아니라 「삼월」과 「나쁜 피」에서 드러나듯 여성의 삶에 미치는 실체적 폭력의 양태를 폭로하고 고발하는 데에서도 주목할 만한 지점을 마련한다. 시인은 자신에게 가해지는 폭력을 감내하며 "멀리 날아갈 꿈을 꾸"지만 "피투성이"가 된 채 "얼굴 없는" 존재로 전락하고 마는 여성의 고통스러운 삶과(「나쁜 피」) "아파트 단지가 들어서고 수학여행을 떠난 아이들은 돌아오지 않"는 동시대적 아픔에 공명한다(「마술 피리」). 또한 "팔 잃은 아이와 다리 잃은 아이와 부모 잃은 아이와 남은 것이라곤 슬픔밖에 없는 아이와 나란히 철조망에 걸린 달"을 바라보며 세계사적 폭력으로부터 고통받는 이의 곁에서 위안의 가능성을 모색하기도 한다(「난민 캠프」). 그런 점에서 서영처 시인이 피아노의 건반과 음악적 사유를 통해 시의 언어를 써 내려가는 이유는 "기억의 심연에서 솟구쳐 존재를 회복하"기 위한 안간힘인 듯도 하다(「아마도」). 시 「아마도」에서처럼 삶의 불완전함이나 절망을 야기하는 세계의 "제로섬에 지친 나도/망망대해 가운데 아무도 들이지 않"고 스스로를 골몰할 수도 있겠지만 시인은 "어둑어둑한 골목에서" 흘러나오는 "탱고" 선율에 "사랑을 묻고"아마도, 아마도, 아마도"라고 답하며 이 가정이 존재를 "골몰하는 골방"이자 그로부터 "조금씩 진화해 가는"초월 지형"임을 분명히 한다. 그로부터 고통받는 존재의 치유가 가능해진다.

동물보호구역에 62세의 람 두안이 산다
펄이 자주 방문해서 연주를 한다

먼 산맥엔 바람에 헤진 룽다가 펄럭이고
그만큼 헤진 귀를 펄럭이며 두안은 음악을 듣는다

밀려오는 기억을 이기지 못하고
육중한 몸을 긴 코를 흔들며 피아노 곁을 서성거린다

삶이 빈 요새처럼 적막으로 가득 차서 흘러나오는 선율

펄이 평균율을 치는 동안
쇠꼬챙이와 사슬이
서커스의 눈부신 조명이 나타났다 사라지고
벌목장의 나무가 허리를 덮치고

두안이 제 몸에서 울부짖는 코끼리를 꺼내고 있다
무거운 보따리들을 하나둘 들어내고 있다

영 오지 않을 것 같던 봄날
코끼리의 꿈이 투영된 환영 같은 날

두안은 강물인 듯 바위인 듯 생각이 많은 채로 서 있다

밀림엔 검은 피아노 한 대, 늙은 코끼리 한 마리

숲이 무언가를 중얼거리는 저녁 속으로
두안은 신전의 기둥만 한 다리를 천천히 옮긴다

밤에 공원을 산책할 때면
곡예하듯 한 발로 서서 잎사귀를 피워 올리는 나무들
코끼리 울음소리가 여기저기서 들려오는 것 같을 때가 있다
　　　　　　　　　　　—「눈먼 코끼리를 위한 바흐」 전문

길게 인용한 「눈먼 코끼리를 위한 바흐」는 태국의 한 "동

물보호구역"인 '엘리펀드 월드'에서 살아가는 코끼리 '람 두안'의 실제 이야기를 서사화하고 있다. '람 두안'은 이 곳에 오기 전까지 인간의 탐욕 때문에 수십 년간 "서커스"에 내몰리고 "벌목장"에서 참혹한 고통을 겪었다. 늙고 병들어 앞을 볼 수 없게 되어서야 그러한 고통으로부터 벗어날 수 있었던 '람 두안'을 위해 영국인 피아니스트 '펄 바튼(Paul Barton)'은 그곳을 자주 방문해 피아노 "연주를 한다". 펄의 연주는 동물을 타자화하지 않고 인간과 동일한 자리를 점유한 존재로 여기는 행위이다. 놀랍게도 '람 두안'은 펄의 행위에 응답하여 "음악을 듣는다". 음악을 통한 소통과 공감은 동물과 인간의 경계를 넘어선다는 것은 꽤 알려진 사실이다. 그러나 그것을 목도하고 경험하는 순간은 기왕의 인식을 뛰어넘는 전혀 다른 사유를 불러일으킨다. 시인은 펄과 '람 두안'이 교감하는 순간을 응시하며 "밀려오는 기억을 이기지 못하고" "제 몸에서 울부짖는 코끼리를 꺼내고 있"는 존재를 본다. "쇠꼬챙이와 사슬"의 공포와 "서커스의 눈부신 조명"이 지닌 불안, "벌목장의 나무가 허리를 덮치"게 했던 착취의 고통을 "하나둘 들어내고 있"는 존재를 본다. "삶이 빈 요새처럼 적막으로 가득 차서 흘러나오는 선율"에 공명한 '람 두안'을 보며 인간의 폭력으로부터 착취당한 존재에게 "영 오지 않을 것 같던 봄날"의 치유 가능성을 발견하는 것이다. "마음의 가장 깊숙하고 후미진 곳까지 침투해서 존재의 의미를 확인"케 하는 시인의 문장이 우리에게 적확한 형상으로 각인되는 순간이다.

"검은 피아노 한 대"는 "늙은 코끼리 한 마리"인 '람 두안'을 거쳐 우리에게도 많은 생각을 품게 한다. 그것이 단지 연민에 그치지 않는 것은 인간에 의해 착취당한 '람 두안'의 삶이 우리 삶과 다르지 않기 때문이다. 신자유주의적 자본주의 체제가 강제하는 자리에서 스스로를 착취하며 복무하는 일상 속에서 우리는 우리의 존재 의미를 확인할 그 어떤 선율도 마주하지 못한다. 저 무정한 폭력적 세계에서 우리는 감각할 수조차 없는 예리한 통증을 은폐하며 연출된 자아만을 자꾸만 쌓아 가고 있는 것인지 모르겠다. 그러나 이러한 부정의 인식은 아무런 울림도 주지 못한 채 존재의 전락을 수행할 따름이다. 그런 점에서 "곡예하듯 한 발로 서서 잎사귀를 피워 올리는 나무들"의 형상은 "신전의 기둥만 한 다리"를 지닌 '람 두안'을 경유하여 고통받고 소외된 이들의 어떤 희망의 가능성처럼 느껴진다. 위태로워 보이기도 하지만 무너지지 않을 거라는 확신 속에서 나무들이 피워 올린 나뭇잎은 존재가 지닌 풍성함을 실감케 한다. 이는 "생의 여름이 온다"는 믿음을 길어 올린다(「장미의 세계」). 그것이야말로 시인이 "예술이 주는 환희와 황홀은 인간의 감성과 의식을 변화시키고 보다 확장된 무한한 세계로 인도한다"고 했던 말의 진정이 아닐까. 이처럼 서영처 시인은 음악적 사유를 토대로 타자의 삶과 그 안에 깃든 고통에 공명하고 기록하며 어루만짐으로써 공동체적 삶을 타전하고 있다. 이는 우리에게 다채로운 공감을 불러와 삶에 울림을 주며 보다 확장된 세계를 여는 계기가 될 것이 분명하다.